L'ARCHANGE SAINT MICHEL

ET

L'ANGE GARDIEN.

SAINT-CLOUD. — IMPRIMERIE DE BELIN-MANDAR.

L'ARCHANGE
SAINT MICHEL
ET
L'ANGE GARDIEN,

PAR L'AUTEUR

DU POÈME DE JEANNE D'ARC.

PÉRISSE FRÈRES, LIBRAIRES-ÉDITEURS.

PARIS,
NOUVELLE MAISON,
RUE DU PETIT BOURBON, Nº 18,
Angle de la place Saint-Sulpice.

LYON,
ANCIENNE MAISON,
GRANDE RUE MERCIÈRE, Nº 33,
En face de l'Allée-Marchande.

1848.

A la première tentative des anges rebelles, le chef de la céleste milice s'élança contre Lucifer, en jetant ce cri : MI CA EL?
trois mots qui sont devenus un seul nom, le nom de l'Archange
vainqueur de l'enfer. Ils sont pareillement traduits par trois
mots dans le latin : *quis ut Deus?* Mais notre langue ne peut
les rendre qu'avec cette paraphrase : *qui est semblable à Dieu?*

Micaël, nom sacré, il doit être dit et répété sans cesse, du
fond des abîmes de la terre jusqu'au troisième ciel; nom glo-
rieux, il préside à tous les grands drames du monde; nom
béni, il protége tous les amis de Dieu; nom redoutable, il ras-
semblera tous les vivans et tous les morts devant le tribunal de
Jésus-Christ leur juge suprême, au grand et dernier jour qui
fermera le temps et ouvrira l'éternité.

Le ministre du Dieu des armées, conduit le peuple élu au
passage de la mer Rouge, et dans le désert, jusqu'au pied du
Sinaï ; il guide Moïse, Josué, Gédéon, Débbora, David; il
frappe Sennachérib ; il inspire les Maccabées.

Nous devons le croire aussi : l'Archange est toujours, sous
la loi nouvelle, comme sous l'ancienne loi, le gardien des
fidèles et la terreur des impies. Micaël n'est donc pas étranger
au triomphe du Labarum, au désastre d'Abdérame, aux vicis-
situdes inouïes des croisades, aux grandeurs de notre saint
Louis, grand dans la victoire et plus grand encore dans les
fers et jusque dans la mort. Le glaive de l'Archange a visité

plus tard les peuples apostats ; et, de nos jours, il a détruit la puissance du nouveau Pharaon qui vouloit enchaîner sous ses lois le Moïse de la catholicité.

La France a toujours invoqué l'Archange comme son plus puissant protecteur, après la Reine du ciel ; il a été le divin tuteur de Jeanne d'Arc, et il a pris sous son miraculeux patronage un auguste rejeton de la race du saint roi.

Et, dans les prophéties de la fin des temps, la foi nous montre Micaël comme l'exécuteur de l'éternelle sentence qui séparera les justes et les réprouvés.

Ce sont là les principaux traits de la gloire du Prince des anges. Mais qui pourroit dire tous les prodiges de son intercession et des œuvres que Dieu lui a confiées sur la terre ?

Cet hommage que nous lui rendons remonte à plusieurs années ; il date d'un règne dont nous avons dit à la France :

> « ... Laisse donc du torrent s'écouler l'onde amère...
> » Marie et Micaël, contre un règne éphémère,
> » Quel rempart et quel bouclier ! »

Aussi, tout est miracle, au milieu des bouleversemens dont nous sommes les témoins. Jamais la Providence ne s'est plus visiblement, plus hautement manifestée. Le grand *talion* de la justice divine est frappé de toutes parts. C'est Dieu qui a commencé ; c'est Dieu qui finira.

Mais quelles que soient les destinées de la terre, nous ne devons les estimer que dans leurs rapports avec la gloire du souverain Seigneur de l'univers ; et la grande voix de l'Archange nous appelle tous à l'unique espérance des cœurs fidèles, la bienheureuse éternité.

L'ARCHANGE SAINT MICHEL.

L'ARCHANGE SAINT MICHEL.

Dieu seul! quel autre Dieu? Dieu seul! ce cri sublime
    S'éleva jusqu'à l'Éternel;
Il jeta Lucifer dans le puits de l'abîme (1),
Sur son coupable front il foudroya le crime,
    Et fit le nom de Micaël.

Inépuisable chant des concerts angéliques,
    Il se répand dans l'univers;
Il allume l'ardeur de nos sacrés cantiques,
Et, comme un vaste écho des célestes portiques,
    Il épouvante les enfers.

(1) *Apoc.*, XII, 7, 8, 9. *Et projectus est draco ille magnus, serpens antiquus.....*

Mille accords sont unis dans un chœur de louange,
A la gloire du Dieu des Dieux ;
Micaël le proclame, et Micaël le venge...
Oui, le nom du Seigneur dans le nom de l'archange
Retentit de la terre aux cieux.

Un jour, de l'Océan les vagues attentives
Se divisent par le milieu,
Comme deux murs ouvrant un passage aux deux rives (1),
Pour sauver des Hébreux les tribus fugitives...
Passez, passez, peuple de Dieu !

Et sur l'Egyptien la mer s'est refermée...
De là dans le gouffre infernal
Le Pharaon descend, et toute son armée
Avec lui sous les flots disparoît abîmée :
L'Archange a donné le signal.

Et le front de Moïse a reçu l'auréole ;
Et dans la mort quand il s'en va
Ce front mortel, Satan veut en faire un idole (2),
Mais l'auguste vengeur accourt, et sa parole
Le chasse au nom de Jéhova.

(1) *Exod.*, xiv, 19 et suiv.
(2) *Jude*, 9.

Le victorieux chef des ardentes milices
  Visite encor les fils d'Adam ;
Il porte dans ses mains le glaive des justices,
Et ses ailes de feu s'étendent, protectrices,
  Jusqu'aux cimes du mont Gargan (1).

Jadis, quand Jéricho tombe soudain frappée
  Sous les débris de ses remparts,
Josué l'entrevoit cette invisible épée,
Du sang chananéen fidèlement trempée,
  L'Archange l'offre à ses regards.

Dans le paisible champ voisin de la victoire (2),
  Le fils de Nun, presque endormi,
Demande à l'immortel qui lui cache sa gloire :
» Etes-vous avec nous, guerrier, faut-il vous croire
  » Notre frère ou notre ennemi ? »

— « Je suis le conducteur de la milice sainte,
  » Armé de la force de Dieu...
» Détache ta sandale, et n'entre pas sans crainte
» Dans l'enclave où mes pas ont marqué leur empreinte,
  » Car il est consacré ce lieu ! »

(1) Au jour de la fête de l'Archange l'Eglise célèbre son apparition
sur le mont Gargan.
(2) *Josué*, v, 13 et suiv.

Et Josué courba son front dans la poussière,

Lui dont les ordres tout puissans

Du soleil, s'il le faut, suspendent la carrière,

Il tremble!... Un seul rayon de cette autre lumière

A presque foudroyé ses sens.

Micaël de son doigt le touche, il le relève ;

Il lui remet la vie au cœur...

C'est contre Chanaan qu'il a tiré son glaive ;

Il poursuit son triomphe, il l'assure, il l'achève,

Et toujours il sera vainqueur.

Lorsque d'un bras nerveux, Gédéon dans son aire (1)

Secouoit le crible et le van,

Sous le chêne d'Ephra quel ange solitaire

A ses yeux vient s'asseoir, le conforte, l'éclaire,

L'appelle à vaincre Madian ?

L'ambassadeur du ciel dit à l'Israélite :

« Que le Seigneur soit avec toi,

» Homme de force! Avance, et tu vas mettre en fuite,

» Et tu vas terrasser le fier Madianite...

» A ma lumière, viens, suis-moi! »

(1) *Juges*, vi, 11 et suiv.

— « Parlez encore, ô vous dont la voix me rassure!…
     » Comment sauverai-je Israël,
» Moi qui, dans Manassé, je le dis sans murmure,
» Suis toujours le dernier d'une famille obscure,
     » Le dernier du toit paternel. »

— « Suis-moi, suis-moi, te dis-je, et que rien ne t'arrête;
     » Suis-moi! Le Seigneur l'a promis,
» Tu seras son vengeur… Viens, la victoire est prête;
» Viens, et tu frapperas comme une seule tête
     » Le front de tous tes ennemis. »

Ah! ne demandons plus si cette voix puissante
     Est encore la même voix
Qui, sur le fils de Nun, jeta tant d'épouvante…
Ou parole, ou lumière, elle est toujours présente
     A qui la recueille une fois.

Reconnoissez le chef de l'angélique armée,
     Contemplez avec Gédéon,
Et par le feu du ciel l'offrande consumée,
Et la divine source épandue, ou fermée,
     Sur la merveilleuse toison.

L'Ange qui terrassa le séducteur du monde
     A nul bonheur n'est étranger ;

C'est lui qui, de David arme l'heureuse fronde,
Et du fier Goliath abat la tête immonde
   Sous les pieds du royal berger (1).

C'est lui qui le guidant sur le champ des batailles,
   A ses yeux foudroyoit les rois,
Les peuples, leur faux dieux, leurs cités, leurs murailles,
Et de l'éternité, parmi les funérailles,
   Développoit la grande voix.

Sennachérib l'entend, Sennachérib s'effraie (2),
   Et, dans la dévorante nuit,
La ruine et la mort ont fait la double haie ;
Et l'armée et le camp ne sont plus qu'une plaie ;
   Tout ce qui ne meurt pas s'enfuit.

Si, plus tard, d'Israël les tribus sont courbées
   Sous le joug des Antiochus,
Micaël jette un souffle au cœur des Maccabées,
Il relève la gloire et les armes tombées,
   Et les vainqueurs sont les vaincus.

Au Calvaire, où le Christ accepte l'anathème,

(1) *I Rois*, xvii.
(2) *IV ibid.*, xviii.

Ce cri d'amour devient plus fort :
Dieu seul ! quel autre Dieu ! Non plus dans le ciel même,
Mais dans l'abaissement de la grandeur suprême,
Jusqu'à la croix, jusqu'à la mort !

Le glaive de l'Archange à l'instant se repose...
Soixante lustres vont courir...
Au sang de l'Homme-Dieu son Eglise est éclose,
Un peuple de martyrs doit seul venger sa cause...
Elle est sauvée !... Il sait mourir !

Micaël reparoît, et vers Rome il s'élance ;
Le Labarum est déployé ;
Dans ses plis Constantin a lu son espérance :
Tu vaincras par ce signe! Et voilà que Maxence
Dans le Tibre est soudain noyé.

Du prophète menteur quand l'impudique rêve
Promet un honteux paradis,
Sur la moitié du globe en vain le fer se lève
Et prépare à l'Eglise une guerre sans trève,
L'enfer s'ouvre aux peuples maudits.

L'Archange a refoulé leur souffle délétère,
Sous l'éclat d'un souffle immortel ;
Dans la main d'Abdérame il rompt leur cimeterre,

Et pour les écraser, l'enclume, c'est la terre,
    Le marteau, c'est Charles Martel.

D'autres siècles s'en vont… puis, sortant d'un long somme,
    Au cri de Pierre et de Bernard,
Les innombrables fils de la nouvelle Rome
Vers le sépulcre saint marchent comme un seul homme,
    Et la croix est leur étendard.

Dans leur croisade, hélas! il est d'impurs mélanges…
    Tremblons! Le fléau destructeur
A décimé d'abord leurs coupables phalanges…
Sera-t-il inflexible?.. Et le Prince des Anges
    Est-il l'ange exterminateur?

Non, la miséricorde a des secrets célestes
    Pour les preux mourant dans la foi,
Et, parmi les torrens des guerres et des pestes,
La plus funeste ardeur de ces ardeurs funestes
    Porte des pardons avec soi.

Micaël redevient ministre de clémence,
    Il fléchit le ciel irrité,
Et jusque dans le sang d'un holocauste immense,
Sa main libératrice a versé la semence
    D'une heureuse immortalité.

Par lui de Godefroy la prière sublime
    S'élève enfin dans les saints lieux;
Par lui Jérusalem reparoît dans Solime,
La croix reprend sa place, et sur la même cime
    Etend ses bras victorieux.

Et par lui toujours fort, le héros d'un autre âge
    Va briller d'un éclat nouveau ;
Est-il une grandeur dont il ne soit l'image ?
Il est grand dans la gloire et grand dans l'esclavage,
    Grand sur la cendre du tombeau.

Ah ! si dans tes décrets, Providence adorée,
    Le croissant doit rester debout,
Pour l'Eglise du moins chaque terre est sacrée...
C'est le sang de son Dieu qui fonde sa durée,
    Et ce sang coule encore partout !

Le grain de senevé, nourri dans ce prodige,
    Est devenu l'arbre immortel...
Aux sources du salut pourtant le cœur s'afflige...
Malheur !.. Que de rameaux séparés de la tige !
    Et que de peuples sans autel !

De leurs propres fureurs la vengeance divine
    Déchaîne les flots dévorans,

Et partout l'hérésie, ou révolte, ou rapine,
Fait des plus saints devoirs une immense ruine
    Sous les pieds de mille tyrans.

Aussi, voyez monter la gloire de l'impie
    Dans l'éclat sanglant de son front...
Sous les glaces du Nord son règne enfin s'expie,
Et la foudre d'abord n'y parut assoupie
    Que pour mieux infliger l'affront.

Et de son pied vainqueur Micaël fend la nue,
    Ses parfums embaument les airs ;
La terre a tressailli d'une ivresse inconnue,
Et vers un âge d'or se croyant revenue,
    Elle aspire aux joyeux concerts.

Non, non, terre d'exil, non, ce n'est pas ton heure !
    En attendant le grand réveil,
Longtemps, longtemps encore, il faut que l'homme pleure ;
Et nul œil n'entrevoit l'éternelle demeure
    Avant l'éclat du vrai soleil.

Hélas ! déjà nos yeux croyoient en voir l'aurore
    Au berceau du fils d'un martyr :
Pour fêter Micaël la fleur venoit d'éclore ;
Dans un rêve douteux l'espoir dormoit encore...
    Un cri d'amour l'en fait sortir !

Et l'Archange préside à ce touchant spectacle :
      Au jour même chômé pour lui,
Il reçoit dans ses bras un enfant de miracle,
Et vers les cieux..... Silence à la fin de l'oracle !
      Ce n'est pas encore aujourd'hui.

La mémoire du cœur sera toujours fidèle.
      On a vu, dans un même deuil,
Toute la France aux pieds de l'humble pastourelle
Qui, saluant l'Archange et marchant sous son aile,
      De l'étranger brisa l'orgueil.

Ainsi, le Roi des rois prête encor sa puissance
      Aux ministres de ses bienfaits...
Ah ! que toujours la foi gouverne l'espérance,
Et que l'hymne sacré de la reconnoissance
      A nos voix ne manque jamais !

Quand la mère d'un Dieu daigne être aussi ta mère,
      O France ! comment l'oublier ?
Laisse donc du torrent s'écouler l'onde amère....
Marie et Micaël, contre un règne éphémère,
      Quel rempart et quel bouclier !

Gloire, gloire au Seigneur ! Un fléau qu'il envoie,
      C'est le gage de son amour.

Le salut des mortels ne vient pas de leur joie,
Et la foudre délivre une mourante proie
    Jusque sous l'ongle du vautour.

Le livre prophétique, après tant de merveilles,
    Jette encor des cris éclatans....
Daniel à Babylone en a rempli ses veilles ;
Et c'est lui qui proclame à toutes les oreilles,
    L'oracle de la fin des temps.

Un jour doit arriver, plus prompt que la tempête,
    Plus menaçant, plus imprévu,
Où les vertus des cieux, Micaël à leur tête (1),
Apparoîtront : un jour, un jour, dit le prophète,
    Dont le pareil ne s'est point vu.

Alors, de leur sommeil et du sein de la terre
    L'Archange éveillera les corps ;
Alors s'expliquera l'universel mystère,
Alors comparoîtront devant le juge austère,
    Tous les vivans et tous les morts.

Le froment et l'ivraie étant passés au crible,
    Le ciel recevra les élus

(1) *Dan.*, XII.

Tous portant dans leurs mains la palme incorruptible,
Et l'enfer reprendra, marqués du sceau terrible,
Les maudits qu'il ne rendra plus.

Futur exécuteur de cet arrêt suprême,
Nos cœurs tombent à vos genoux...
Ah! pour nous élever jusqu'au sein de Dieu même,
Séparez-nous toujours des hommes de blasphème;
Saint Archange, veillez sur nous!

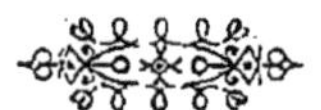

L'ANGE GARDIEN.

Nous ne sommes pas assez pénétrés de cette vérité de foi, que les anges de Dieu veillent sur nous, sur chacun de nous.

Jésus-Christ a dit dans son Evangile : « Prenez garde de
» dédaigner aucun de ces petits enfans, car, je vous le dé-
» clare, leurs anges dans les cieux contemplent la face de
» mon père.... (1). »

Ainsi la doctrine des Anges Gardiens est fondée sur la parole de vérité. Quelle source de pieuse confiance et de sainte ardeur pour toutes les âmes fidèles ! Quelle espérance pour les âmes tombées, si elles ont recours à cette puissante intercession ! et quel motif de reconnoissance et d'amour de la part de tous les hommes pour le Dieu de miséricorde !

Comment ne pas vénérer, comment ne pas chérir une reli-
gion remplie des mystères de la grâce, et des miracles de la Providence !

(1) *Matth.,* xviii, 10.

L'ANGE GARDIEN.

De ta vie, enfant de la terre,
Le Seigneur m'a fait le gardien.
Tu ne comprends pas ce mystère,
Et pourtant mon cœur parle au tien.
Ce grand Dieu qui de sa présence
Remplit tous les temps, tous les lieux,
Me donne un peu de sa puissance :
Je suis toujours l'ange des cieux.

Sur tes pas je veille à toute heure,
Et le jour ma main te conduit;
Et je rentre dans ta demeure,
Et je te garde encor la nuit;

Sur ta couche j'étends mon aile,
Et je dis, quand tes yeux sont clos :
Au doux sommeil qu'il soit fidèle !
Je suis l'ange de son repos.

Aux premiers rayons de l'aurore,
En souriant à ton réveil,
Cher enfant, je t'invite encore
Aux clartés d'un divin soleil,
Et je répands sur ta carrière
Les splendeurs de l'éternité :
Je suis l'ange de la lumière
Et l'ange de la vérité.

Quelle ardeur nouvelle m'enflamme !
Jésus, pour la première fois,
Daigne descendre dans ton âme,
Empourpré du sang de la croix...
O jour béni ! jour plein de charmes !
Pleurons d'amour dans le saint lieu...
Je suis l'ange des douces larmes
Et l'ange des enfans de Dieu.

Vers le midi de tes années
Si tu vas au pied des autels
Y partager les destinées
D'un cœur pris dans les cœurs mortels,

Pour ces liens où l'espoir brille
Je demande au ciel de longs jours :
Je suis l'ange de la famille
Et l'ange des saintes amours.

Et si de la prison sacrée
Où l'âme s'enferme pour Dieu,
Ta ferveur implorant l'entrée
Dit au monde un touchant adieu,
J'écoute les divins oracles,
Avec toi j'adore, et je pars :
Je suis l'ange des tabernacles,
L'ange gardien des saints remparts.

Et si la vie a des nuages,
Je répands des fleurs sur le deuil,
J'apaise le vent des orages,
J'attache le phare à l'écueil ;
Je suis l'ange de l'espérance,
Et, sous l'œil du Dieu rédempteur,
Auprès du lit de la souffrance
Je suis l'ange consolateur.

Enfin, pour traverser la tombe,
J'enlacerai mon aile d'or
Avec l'aile de la colombe,
En guidant ton dernier essor ;

Et dans la céleste patrie
J'entrerai, disant au Seigneur :
Recevez ma brebis chérie ;
Je suis l'ange de son bonheur !

9 782014 039566